A. FERDINAND HEROLD

La Joie de

Maguelonne

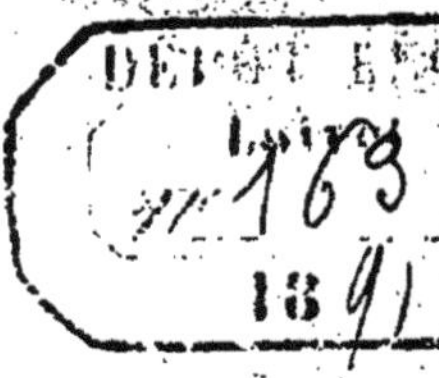

LA JOIE DE MAGUELONNE

A. FERDINAND HEROLD

LA

Joie de Maguelonne

MYSTÈRE

PARIS

LIBRAIRIE DE L'ART INDÉPENDANT

11, RUE DE LA CHAUSSÉE-D'ANTIN

1891

A la chère mémoire

d'ÉPHRAÏM MIKHAËL

Les Acteurs du Mystère

MAGUELONNE

PIERRE

Le Roi d'Égypte

ÉMERAUDE, princesse d'Égypte

MARSILE, prince d'Éthiopie

Une Abbesse

L'Ambassadeur des Indes

Des Nonnes — Des Soldats — Des Jeunes
Filles

Des Esprits — Des Ondines

Un Passant — Des Vendangeurs — Des
Jeunes Gens — Des Routiers

Des Voix

ACTE I

SCÈNE I

La terrasse d'un palais

Seule, rêve la PRINCESSE MAGUELONNE

Maguelonne

Des parfums radieux ont traversé le soir ;
Voici que de l'étang s'élève un vol de cygnes
Qui semble fuir au loin vers les fleuves d'espoir.

J'entends les vendangeurs qui dansent par les vignes,
Et là-bas, dans la chère et paisible forêt,
Les arbres familiers m'appellent de leurs signes.

Le soleil, las de sa royauté, disparaît,
Et ses derniers rayons vont caresser la plaine
Qui frémit longuement sous leur baiser distrait.

Et la brise apporte un rhythme de cantilène,
Elle berce.. Oh, la voix des vendangeurs joyeux
Qui reviennent et qui chantent à perdre haleine..

Oh, la voix qui s'égare et monte vers les cieux.

Des Vendangeurs, au loin

Le rossignol printanier chante
Dans le bois paré de pervenches.

O rossignol, ouvre tes ailes,
Et par le ciel fleuri d'aurore
Va-t-en trouver celui que j'aime ;
Vole, ô messager d'amour, vole
En égrenant tes chansons claires.

Le rossignol printanier chante
Dans le bois paré de pervenches.

O charmeur des heures nocturnes,
Vole vers ma dame de grâce
Et baise lui la chevelure :

Elle m'a pris toute mon âme
Dans la paix d'un beau crépuscule.

Le rossignol printanier chante
Dans le bois paré de pervenches.

Maguelonne

La voix meurt: c'est un chant d'amour qu'elle a semé.
Voici qu'à l'horizon vespéral luit et flue
Le sang de quelque Dieu mort d'avoir trop aimé.

Oh, quels rêves hantent mon âme irrésolue..
Si je fuyais la ville obscure.. Si j'allais
Par le monde chercher la forêt impollue.

Si je m'évadais loin de mon banal palais
Pour marcher au hasard vers la bonne aventure
Que j'aperçus parfois dans les soirs violets.

Par les vallons où court le limpide murmure
Des ruisseaux qui sourient de leurs bonds cristallins,
J'irais dans la virginité de ma parure.

Je verrais les naissances d'aube et les déclins
De crépuscule, et je me perdrais dans le rêve
Dont j'ai l'âme charmée et dont j'ai les yeux pleins,

Le rêve beau comme une aurore qui se lève.

Des jeunes Hommes, au loin

Viens vers le jeune époux, ô vierge souriante
Qui frôles doucement l'émail de la prairie,
Vers l'époux qui te guette en la maison fleurie
Et que l'étoile de ton regard oriente.

Des jeunes Filles, au loin

Viens vers la blonde fiancée, ô solitaire
Qui sèmes tes soupirs par la brise embaumée ;
Que tes baisers joyeux charment la bien-aimée :
Elle attend là-bas, dans la forêt de mystère.

Les jeunes Hommes et les jeunes Filles

Comme le chevalier Paris avec Hélène,
Vous irez à travers la volupté des choses,

Et vous vivrez aux parcs bienheureux où les roses
Épandent le royal parfum de leur haleine.

Maguelonne

Dans l'air ont frissonné des hymnes nuptiaux,
Gais comme un battement d'ailes de libellule
Qui vague çà et là sur la pâleur des eaux.

Le Héros flamboyait à mon regard crédule :
Il se dressait, dans l'orgueil de mes visions,
Fier et victorieux comme le prince Hercule.

Il allait, couronné de jour et de rayons,
Et les trompettes d'or clamaient au loin la gloire
Du guerrier qui tua panthères et lions.

S'il fallait cueillir avec lui la fleur d'ivoire,
Et s'il était l'Époux près de qui je vivrai
Par le bois lumineux et propitiatoire..

Et Dieu nous bénirait dans le ciel enivré.

Un Passant, au dehors

Je vais par les chemins heureux du monde
Vers la maison de la Vierge au front clair
Que vient caresser le vol des colombes
Et que l'Amour guette pour son triomphe.

Quand je verrai la radieuse flamme
Qui sourira dans les yeux bleus de mer,
Je réjouirai de mes chants l'espace,
Je ne connaîtrai plus les chagrins pâles.

Elle me dira de douces paroles,
Et les prés tristement gemmés d'hiver
Nous sembleront joyeux comme à l'automne,
Quand les rais amis du soleil les dorent.

A l'heure royale où fleurit la lune
Dans le jardin noir du nocturne éther,
Nous irons sacrés d'auréoles pures
Par les champs pareils à des flots d'écume.

Maguelonne

Mes bonnes visions n'étaient pas des mensonges,
Elles me prédisaient mon triomphal destin
Et c'est le Fiancé qui parut en mes songes.

Et comme le chanteur qui passait au lointain
Et qui cherchait à travers le monde l'épouse,
J'irai chercher l'Époux plus beau que le matin.

Je le trouverai dans la clairière jalouse
De cacher aux regards des hommes sa splendeur
Ou sur le rire verdoyant de la pelouse.

Oh, partir en un soir de paix et de tiédeur
Où flotterait l'écho des voluptés anciennes,
Où les roses mettraient leur bienveillante odeur ;

En un soir bleu charmé de voix musiciennes
Marcher vers le divin bonheur de l'avenir,
Et voir l'Aimé sous les voûtes aériennes

Des chênes glorieux qui sembleraient bénir.

Des Voix

Viens-t-en vers la forêt rêvée,
Viens-t-en vers la forêt où les arbres de victoire
S'illumineront pour ton arrivée,
Où le chœur des esprits épars dans les buissons
Éveillera pour toi le rire des chansons,
Viens-t-en vers la forêt calme comme un grand oratoire.

Viens-t-en vers la forêt de lumière,
Où monte, parmi les soirs glorieux,
Un rhythme doux comme un rhythme de mers lointaines,
Viens-t-en vers la forêt d'espoir et de prière ;
Tu boiras le bonheur aux saintes fontaines,
La joie illuminera les joyaux de tes yeux,
Et ton front rayonnera de la divine lumière.

Maguelonne

Je pars :
Je marche vers la forêt d'extatique joie,
Et sous le soleil de sa rouge armure
Il surgira devant mes regards
Dans la clairière qui flamboie
D'une clarté paisible et pure,

Je marche vers la forêt d'amour.

Oh, je foulerai les mélodieux sentiers
Et j'entendrai comme des voix de harpes blanches,
Et des chants fleuriront par les branches
Aussi beaux que les chants des célestes pitiés.

Je marche vers le Héros d'amour.

Je me dresserai devant lui, libre de voiles,
Il me dira des paroles très douces et très vagues,
Plus douces que le murmure lent des vagues
Où se mirent des rais immaculés d'étoiles.

Je marche vers le Rêve et vers la Joie et vers l'Amour.

SCÈNE II

Une clairière

Les Esprits

Vers la royale paix de la forêt fleurie
S'en vient le plus victorieux des chevaliers,
Le Héros qui dompta les monstres alliés
Pour bannir les bons de la terrestre patrie.

Avec le glaive large et lourd comme une faulx,
Il arrive à travers les plaines orgueilleuses,
Et déjà les bouleaux, les pins et les yeuses,
Semblent chanter pour lui des hymnes triomphaux.

En les branches, des chœurs de voix immaculées
Redisent la splendeur de son grave pouvoir

Et les géants qu'il a tués sous le ciel noir
Et dont les corps sanglants gisent par les vallées.

Salut, toi dont l'armure est de soleils couchants,
Toi qui passes paré de suprêmes guirlandes,
Toi qui luttas dans les halliers et dans les landes,
Salut, ô glorieux ennemi des méchants.

Les Esprits s'évanouissent

Parait LE COMTE PIERRE

Pierre

Par la prairie où bourdonnaient les vols d'abeilles,
Où chantaient les ruisseaux parés de nénuphars,
Les vierges qui portaient des fruits en les corbeilles
Ont dardé vers moi l'or joyeux de leurs regards.

Des jeunes gens avec des harpes et des lyres
Marchaient gaiement sous l'ombre heureuse des lauriers
Et leurs lèvres où folâtraient de clairs sourires
Proclamaient l'immortel triomphe des guerriers.

Des esprits se cachaient dans la forêt antique :
Ils célébraient parmi les arbres et les fleurs

La puissance et l'éclat de ma gloire héroïque
Qui sème partout les craintes et les pâleurs.

Une suprême joie envahissait mon âme,
J'ai revécu les jours de victoire et d'effroi
Beaux comme un ciel de farouche aurore et de flamme
Où mes noirs ennemis s'enfuyaient devant moi.

Oh, se ruer parmi la fureur des mêlées
Et, glaive haut, poursuivre au loin les chefs sanglants
Qui, dispersés comme des feuilles affolées,
Éperonnent en vain leurs chevaux lourds aux flancs.

Devant mes yeux je vois se dresser des images
De champs rouges où gisent des monstres défunts
Et je crois savourer encore des carnages
D'une plus douce odeur que les plus frais parfums.

Des Voix

Dans la divine aurore ou dans la nuit sereine,
Parmi des rayons purs de soleil ou de lune,
N'as-tu donc jamais vu passer la Souveraine?

Comme une étoile d'or qui poindrait sur la dune,
N'as-tu pas vu surgir à l'horizon des rêves
Celle qu'élut le ciel pour l'heureuse fortune?

Et, comme le pilote égaré loin des grèves,
N'as-tu pas tressailli d'une divine joie
En voyant Celle qui tuait les douleurs brèves,

La Vierge qui sera ton amour et ta proie?

Pierre

Des chœurs mystérieux épars dans la forêt
Parlent d'amour et de divine fiancée:
Et depuis bien longtemps l'heure blonde est passée
Où le pourpre baiser des femmes m'enivrait.

Quelle princesse, alors que guerroyer m'entraine,
Me ravirait l'armure où rayonnent des ors?
Quelle est la grande fée ou l'ardente sirène
Qui pourrait m'éblouir des beautés de son corps?

Et je n'écoute pas la vierge chaste et douce
Qui parle avec un rire timide en la voix

Et qui vague à travers le charme des sous-bois
Moirés de floraisons candides et de mousse.

Les rêves amoureux sont des soleils éteints,
Et nulle femme, pas même l'Enchanteresse
De qui la chair flamboie au pays des matins
Ne me prodiguera des baisers de maîtresse.

Des Voix

O Chevalier qui méprises les jeunes femmes,
Peut-être qu'à travers les coteaux et les plaines
Et parmi le murmure enamouré des palmes,
Vient doucement une Fiancée aux yeux calmes,
Plus frêle encore et plus svelte que les phalènes
Qui semblent lui chanter de purs épithalames.

Pierre

Si j'allais m'alanguir, comme font les amants,
Sur le sein d'une femme à la belle ceinture..
Oh, si j'allais oublier les anciens serments
Et ne plus vivre la glorieuse aventure,

Ainsi que le Héros ensorcelé qui dort
Près de Vénus, dans les montagnes, vers le nord..

Parait MAGUELONNE

Maguelonne

Lorsque j'entrai dans la forêt, sur la lisière,
Des voix chères, des voix de printemps et de jour
M'ont chanté : « Te voici dans la forêt d'amour »..
Oh, le bois s'éclairait de joie et de lumière. .

Et je contemplerai l'Époux victorieux,
Le Bien-aimé que de la splendeur auréole :
Il dardera sur moi ravie et comme folle,
La flamme de fierté qui frissonne en ses yeux.

Parmi la floraison des soirs et des aurores,
Nous vaguerons, pareils à des astres vivants,
Et pour glorifier notre règne les vents
Mettront de la musique en les arbres sonores.

Elle voit le comte Pierre

Oh, c'est Lui..
C'est le Héros qui m'est apparu chaque fois

Que le songe annonciateur a lui,
C'est le Bien-aimé que je vois.

C'est le Héros qui vient pour la joie,
C'est le Héros sans haine et sans colère
Qui surgit dans son armure claire,
C'est le Héros qui sort des pays prestigieux
Comme un ange paré d'or et de soie
Qui parmi des rais cléments descendrait des cieux.

Il a couru vers la clairière heureuse
Et voici que je le contemple
Tel que je le voyais en rêve.
Oh, la forêt est pacifique comme un temple,
Voici que j'entends une mélodie amoureuse
Et voici que je vis la vérité du Rêve.

O Bien-aimé,
Toi qui reviens des aventures et des luttes,
Tu marchas dans le fier triomphe proclamé
Par le cri d'or des sacquebutes :
Et maintenant a fleuri l'heure
Où les flûtes diront des triomphes plus doux

Une senteur d'amour nous effleure
Et l'on dirait qu'un ciel d'azur est descendu vers nous.

Oh, voici la journée idéale et bénie ;
C'est pour nous réjouir que la forêt se moire
D'ombres pures et de lumières précieuses ;
C'est pour nous fêter que les arbres d'harmonie
Épandent par les airs des cantiques de gloire
Que semblent répéter des chœurs de voix pieuses.

Pierre

J'écoute le murmure ailé de tes paroles,
Une douce lueur étincelle en tes yeux,
Ton visage ému de sourires gracieux
Brille de la blancheur des paisibles corolles,
Et sur ton front, dans la bague d'or qui l'encastre,
Une gemme flamboie et l'on dirait un astre.

Maguelonne

Oh, ta voix chante à mon oreille
Fraîche comme les prés quand meurt la froidure,
Douce comme le printemps bleu quand il s'éveille,
Claire comme l'argent de la lune dans la nuit pure.

Où suis-je ?

Dans le royaume d'émeraude

Où, parmi des fleurs de prodige,

Un amical essaim d'anges immaculés rôde.

Oh, tes yeux..

Ils dardent vers moi des éclairs

Et je souris pourtant et je ne tremble point :

Une flamme d'amour rayonne de tes yeux.

C'est quand tu marches vers les monstres noirs des déserts,

Le casque au front et l'épée au poing,

Qu'une flamme de terreur rayonne de tes yeux.

Ami, sans redouter la stupeur de nul piège,

Je suis venue à toi par les chemins songés ;

Et, comme les brebis dorment près des bergers,

Je veux dormir sous ton beau regard qui protège.

Elle s'endort

Pierre

La mystérieuse Vierge s'est endormie,

La clairière est un sanctuaire qui vivrait,

Un sourire propice enchante la forêt

Belle comme la mer aux heures d'accalmie.

Elle disait : « Voici le Fort, voici l'Aimé,
Le Fiancé royal vu dans l'espoir du rêve ;
Je suis venue au but où la route s'achève »,
Et des hymnes perlaient dans le bois parfumé.

Elle dardait vers moi ses regards d'hyacinthe
Où des points d'or étincelaient étrangement ;
Elle avait sous les plis de son clair vêtement
La candide beauté de quelque frêle Sainte.

Devant elle pourtant je n'ai pas tressailli
Et je n'ai senti nul trouble, nulle allégresse,
Et je ne prendrai point à l'arbre de paresse
Le fruit d'amour que tant de faibles ont cueilli.

Des Voix

Avec l'Enfant qui t'élut pour Époux
Fuis la terreur de la guerre nocturne :
Dans les printemps et les automnes roux,
Vaguez heureux par le bois taciturne
Que pare le baiser argentin de la lune.

Des astres divins de paix et d'espoir
Se pencheront de la voûte stellaire
Pour fêter votre joie et pour vous voir,
Et tous les deux, parmi leur chanson claire,
Vous irez vers l'impérissable éclat du rêve.

Par la splendeur superbe des forêts
Fleuriront vos nuptiales demeures,
Et vous oublierez en des bonheurs vrais
Le lent et monotone ennui des heures,
Et vous écouterez les harpes glorieuses.

Pierre

Oh, le rêve.. Ne plus sortir de son royaume..
Jeter le glaive dont tant connurent le poids,
Délaisser sans pitié la cuirasse et le heaume
Et vivre sous la paix lumineuse du dôme
Que fait chanter la brise en souriant au bois.

Ne plus vivre l'émoi des héroïques veilles,
Rester dans la clairière calme et m'alanguir
A baiser des yeux doux et des lèvres vermeilles,
Comme un dragon gardien de suprêmes merveilles
Que fascine l'éclat d'un magique saphir..

Des chansons.. On dirait le rude chant de guerre
Des routiers, compagnons que j'ai vaincus naguère.

Des Routiers, au loin

Nous allons par les jeunes campagnes,
Tout craint notre bras éblouissant;
Nous crions nos cris dans les montagnes
Et nous buvons le vin et le sang.

Nous marcherons parmi les aurores,
Nous marcherons et nous frapperons;
On viendra parer d'ors et de flores
Le rouge drap de nos chaperons.

Oh, le parfum divin des batailles..
Le noir gémissement des vaincus..
Il nous faut des héros à nos tailles
Pour que nous brisions leurs fiers écus.

Tuons: la guerre est la grande foire
Où tout est gagné par les hardis.
Chantons haut: que nos chants de victoire
Troublent Dieu dans son vieux paradis.

Pierre

Ah, j'allais mépriser les splendeurs belliqueuses,
Rester inerte et vil et fuir les chocs sanglants,
Et m'oublier parmi des voluptés moqueuses
Auprès d'une Belle aux bras blancs.

Il faut que je guerroie, il faut qu'il me souvienne
De rougir la farouche épée à lame d'or :
Mon devoir est de revivre la gloire ancienne
Que clameront des voix de cor.

A l'heure où le soleil surgit vêtu de brume,
Je sentirai l'odeur des morts, tel qu'un vautour
Volant sur des prés roux que le meurtre parfume,
Et j'oublierai l'enfant Amour.

Il s'en va

Les Esprits, invisibles

Par les chemins fleuris de violettes pâles
Le Chevalier superbe et glorieux s'en va.
Il part, le Bien-aimé que ton regard rêva,

Princesse, et, comme un soir où meurent des opales,
Tes yeux d'amour se voileront de larmes pâles.

Maguelonne s'éveille

Maguelonne

Comme la bague d'or luit en la grotte brune,
Tu resplendis parmi les beaux, ô mon Amant,
Et nous irons tous deux, dans l'éblouissement,
Vers le château de la liliale fortune.

Les Esprits, invisibles

Maguelonne, voici la mort des bonnes fièvres,
Voici l'aube des pleurs et le soir du sourire ;
Et l'espoir ne viendra plus chanter à tes lèvres,
C'est l'heure du chagrin et du mauvais délire.

Maguelonne

L'amertume et la nuit des lamentations
Ne troublent pas la paix de mon âme fleurie;
L'aurore de l'amour ne s'est point assombrie,
Elle charme mes yeux de ses calmes rayons.

3

Les Esprits, invisibles

Par les chemins de guerre et vers les pays rudes
S'est enfui pour jamais le cruel Fiancé ;
Le clair soleil de ton bonheur s'est éclipsé :
Morne, tu marcheras parmi les solitudes.

Maguelonne regarde autour d'elle.

Maguelonne

Il est parti..
Le plaisir est mort et l'espérance est morte :
On dirait qu'un torrent emporte
Le roc où le palais de joie était bâti.

Je ne rêverai plus mon rêve.
Comme le soleil dans un océan ténébreux,
Agonise l'éclat de l'avenir glorieux.
Je ne vivrai plus la splendeur du beau rêve.
Tandis que le Héros vainqueur me fuit,
Mes pauvres regards se troublent d'une nuit,
Oh, j'ai tué le Rève.

Des Voix

Un jour, tu peux sourire encore, ô toi qui pleures.
N'écoute pas le cri sinistre des corbeaux,
Écoute la voix qui mène aux saintes demeures.

Fuis les pays de deuil, fuis le val des tombeaux
Où des chevaux sanglants sous un harnois funèbre
Sonnent le glas des morts avec leurs noirs sabots.

Le Dieu de paix, le Dieu d'amour que tout célèbre
Guérit les maux et les misères des souffrants
Et fait briller les fronts voilés par la ténèbre.

Viens : l'or des fleurs pare la route que tu prends.
Suis-nous vers la maison lumineuse et sacrée
Où l'on ne connaît point la rage des tyrans.

Marche vers le repos que le Seigneur te crée.

Maguelonne

Ne plus gémir, le corps criblé de traits aigus,
Et revivre les beaux rêves jadis vécus..

Des Voix

O Princesse d'amour qu'ulcèrent les souffrances,
Suis-nous vers la splendeur des saintes espérances.

SCÈNE III

Devant un monastère

Entre MAGUELONNE

Maguelonne

Les voix qui me parlaient de repos se sont tues.
Où suis-je ? Un porche avec la Croix et des statues :
Sainte Marie et les Vierges mortes jadis
Pour glorifier Dieu le Père et Dieu le Fils
Et qui n'ont point couru vers les voluptés folles.
Et sur la porte on lit de pieuses paroles :

HIC PRECIBVS VITAM VIVES AFFLICTA BEATAM
PROPITIVS PELLIT MESTITIAM IPSE DEVS

Vivre dans la prière.. On dirait que pour moi
Quelque Sainte écrivit ces paroles de foi.

Je ne veux plus aller par les sentiers du monde,
Je ne veux plus ouïr les fracas de la terre
Ni la foudre de qui la voix mugit et gronde ;
Oh, j'ai besoin de paix, je veux vivre bercée
Au rhythme vague et nonchalant de la pensée,
Je veux vivre dans le repos du monastère.
Je ne veux plus errer par les gazons moroses,
Je veux prier loin des hommes, dans l'inconnu ;
Et peut-être qu'un soir le rêve revenu
Jettera sur mes yeux la fraîcheur de ses roses.

ACTE II

SCÈNE I

Une chapelle

Les Nonnes

Virgo, sancta Dei mater,
Tu quam circumfluit ether,
Pias vide nos clementer.

In precibus hic vivimus ;
Amor tui quam cantamus
Nobis favor sit supremus.

O celorum dulce lumen
Quod oculis das juvamen,
Malo nostrum serva limen.

Ad te semper, o Regina,
Verba letitie bona
Sacra volent per carmina.

Dulci pereamus morte
Et aperiantur porte
Per quas veniemus ad te.

Hors Maguelonne, toutes sortent

Maguelonne

Quand brillera l'aurore calme où je rirai ?
Sois clémente pour moi, Sainte Vierge Marie :
Je pleure vainement et vainement je prie,
Je ne vois pas surgir le rêve enamouré.

Je suis la pâle et mélancolique prêtresse
D'un rêve mort que nul ne veut faire revivre ;
Comme l'enfant mordu par la cruelle guivre,
Je ne vais plus parmi les matins d'allégresse.

Pourquoi — folie — ai-je quitté le doux palais
Où je songeais gaiement sur la claire terrasse ?

Dans le bois, j'ai trouvé le désespoir en place
De l'amour éternel et pur que je voulais.

L'Amant royal, l'Amant prédestiné m'a fuie,
L'Amant a rejeté la glorieuse Amante,
Et maintenant, les yeux flétris, je me lamente
Comme le ciel dans les crépuscules de pluie.

Quand je passe, les lys se couronnent de pleurs,
Le chagrin ferme les pervenches solitaires,
Et les roses qui fleurissaient dans les parterres
Se fanent de pitié pour mes graves douleurs.

L'aube, où semblent gémir les pâles améthystes,
A perdu les anciennes senteurs d'encensoir,
Et, dans le jardin froid, parmi le sang du soir,
Passe le noir frisson des grandes heures tristes.

Sainte Marie, ô Vierge, blanche Étoile de la mer,
O Souveraine, ô Consolatrice,
Qui trônes auprès de ton Fils, en l'azur clair,
Sainte Marie, ô Reine de Grâce,
Fais que le mauvais souvenir périsse,
Prends pitié de moi, Marie, oh, je suis lasse.

Je m'égare comme une barque à la dérive.
Reine de bonté, que tes liliales mains
Me guident vers la terre aux radieux chemins,
Fais que la pureté de mon rêve revive.

SCÈNE II

Une salle dans un palais

Entrent des SOLDATS

Les Soldats

Le royal Chevalier venu de l'occident
Nous a guidés vers les victoires souveraines ;
Nous avons combattu par le désert ardent
Et nous avons orné de dépouilles nos rênes.

Ils se croyaient déjà vainqueurs, les noirs impurs,
Et leur orgueilleuse espérance fut trompée ;
Ils ont vu leurs châteaux farouches et leurs murs
Tomber au choc de son impériale épée.

Maintenant, nous n'entendrons plus mourir de cris ;
Nous voici revenus vers les rives du fleuve

Où, tandis que le soir monte en les cieux fleuris,
Le vol rose des flamants s'abat et s'abreuve.

Pour nous voir, les bergers quittent champs et troupeaux,
Les vierges aux yeux clairs délaissent la quenouille.
C'est le temps de l'amour, c'est le temps du repos,
Où la lance, pendue au croc d'airain, se rouille.

Entre le COMTE PIERRE avec des OFFICIERS

Les Soldats

Héros grave, Héros toujours victorieux,
Tu parais entouré d'un amical cortége :
On dirait qu'un soleil nous éblouit les yeux.
Toi dont la force surhumaine nous protège,
Salut et gloire, ô Chef que bénissent les Dieux.

Pierre

Nous avons combattu par des midis farouches :
Un brasier d'or sanglant flamboyait dans le ciel
Et les roses et les pervenches seraient mortes
Sous l'haleine de feu qui sortait de nos bouches ;
Et nous frappions nos ennemis qui, pleins de fiel,

Maudissaient nos glaives d'acier aux lourds quillons,
Et nous avons brisé les grilles et les portes
Des villes qui raillaient nos troupes apparues,
Et nos chevaux, rués comme des tourbillons,
Hennissaient en foulant les blessés par les rues.

Les Soldats

Dis un seul mot : nous te suivrons où tu voudras,
O toi qu'une victoire éternelle accompagne :
Ta splendeur est immense et ta force infinie.
Dis un seul mot, ô Maître, et nous irons, là bas,
Détrôner le fier Empereur d'Occitanie
Ou le sombre Vieillard qui garde la montagne ;
Ou nous tuerons, par delà les désert arides,
Les dragons noirs qui, l'œil ouvert et jamais las,
Surveillent le jardin doré des Hespérides.

Pierre

Merci. Bientôt peut-être, amis, nous partirons
Vers les combats nouveaux et les villes lointaines ;
Et, l'épée à nos reins et le casque à nos fronts,
Nous irons encore à des victoires certaines.

Entre le ROI D'ÉGYPTE, avec sa COUR

Le Roi d'Égypte

O Seigneur,

O Conquérant des monts et des plaines,

O sage Vainqueur,

Je te dois la gloire suprême.

Pierre

O Roi, j'ai combattu pour ta gloire et la mienne.

Le Roi

Oh, je me rappelle..

Sans cesse les noirs Éthiopiens

Venaient piller mes pauvres villes,

Et la morne rougeur des incendies

Souillait la splendeur des soirs et des matins..

Et j'étais triste, j'étais triste,

Oh, comme j'étais triste,

Quand les Barbares surgis du désert

Hurlaient leurs hymnes de victoire

Qui montaient vers le ciel

Troubler le rayonnant silence des étoiles.

Pierre

Relève le front. Maintenant la race impie
Ne criera plus ses chants par le vague des airs,
Et les lourds guerriers de la noire Éthiopie
Resteront à jamais dans l'horreur des déserts.

Le Roi

Oui, maintenant, c'est l'heure de joie,
Ceux qui jadis brandirent de vaines piques
Bénissent Mahom, qui t'envoie,
O Chevalier, Seigneur des luttes héroïques.

Je suis heureux,
Je ne crains plus les rudes ennemis
Qui, las de leurs fauves demeures,
Consternaient le pays,
Quand l'âpre galop de leurs chevaux aventureux
Résonnait sur les bords terrifiés du fleuve ;
Mes yeux ne sont plus voilés de pleurs livides
Et c'est moi qui vais dans la victoire des hymnes.

Pierre

Seigneur, voici qu'on t'amène les prisonniers,

Les chefs des ennemis et leur prince Marsile ;

Les premiers autrefois, aujourd'hui les derniers,

Ils arrivent, fouaillés comme une meute vile.

> Entrent, parmi des SOLDATS, MARSILE et les autres
> PRISONNIERS

Le Roi

O Marsile, je ne te verrai plus vaguant

Au milieu du cortège horrible d'un brigand

Parmi les prés flétris de l'Égypte effrayée,

Et je n'entendrai plus dans mes villes gémir

La sanglotante voix de la foule endeuillée..

Oh, l'ancien temps.. Je ne veux pas me souvenir.

Et te voilà déchu de ta gloire ; ton corps

Fléchira sous le poids des lourdes servitudes ;

Nous te chargerons les épaules et le dos

Des blocs les plus rugueux et des plus durs fardeaux ;

Toi dont l'âme n'a jamais connu le remords,

Tu souffriras dans les tortures les plus rudes ;

Et partout, des cris de délivrance et de joie

Monteront vers le ciel où le soleil flamboie.

Marsile

Tes soldats m'ont vaincu :
C'est bien ; je subirai mon sort.
Que m'importe la souffrance ou la mort ?
Voici la saison pâle où le froid aigu
Harcèle la terre qui s'endort ;
La bise d'hiver siffle dans les bois,
J'oublierai les étés d'autrefois.

Le Roi

Voici le Héros de jadis faible et petit ;
Le Prince qui pensa nous soumettre et partit
Dans l'acclamation hâtive des fanfares
Ne retournera plus vers les villes barbares,
Et la dent du courroux lui rongera le cœur
Quand il verra la récompense du vainqueur.

O Chevalier que j'ai rencontré sur ma route
Quand le deuil m'abattait, ô Comte Pierre, écoute.

Tu fis flamber ton glaive à mes yeux éblouis
Et toi seul as sauvé de la mort ce pays :

Ta hautaine victoire a tué le fantôme
Qui hantait la douleur de mes rudes sommeils ;
Toi qui sembles un Dieu cuirassé de soleils,
Je ne veux pas que tu sortes de mon royaume.

Comme un bon moissonneur rejette des gerbiers
Les grains impurs qu'il a tranchés de sa faucille,
Tu chasses les mauvais et les foules aux pieds..
O Libérateur, sois le mari de ma fille.

Pierre

Un jour, j'ai rencontré parmi les fleurs d'un bois
Une Vierge aux regards de ciel, au front d'étoile,
Et douce à voir comme l'aube qui se dévoile ;
Elle parlait avec des clartés en la voix.

Elle me dit, sous les arbres riches de sève :
« Je t'ai vu dans le songe et je t'aime. Viens, sois
Mon époux au pays du bonheur et du rêve. »

La Vierge me parlait tendrement, tendrement. .
Et moi, j'ai fui loin de la forêt amoureuse,
Sans amour et fidèle à mon rude serment.

Ma joie est de brandir l'épée impérieuse
Et d'entendre les chevaux de guerre hennir ;
Je ne veux pas, en un soir d'oubli, m'endormir
Aux bras vainqueurs de quelque épouse langoureuse.

Le Roi

O Comte, ne me crois pas de tes ennemis :
Mais je veux te garder ici, fût-ce par fraude.
Va, tu ploieras le front, amoureux et soumis,
Sitôt que tu verras la princesse Émeraude.

Hors le comte Pierre, tous sortent

Pierre

Je vais voir la Princesse..
Je reste immobile de stupeur
Et je tremble comme si j'avais peur :
Une inquiétude m'étreint et m'oppresse.

Oui, je tremble, moi qui n'ai jamais tremblé,
Je tremble douloureusement,
Je tremble, et je suis troublé
Comme d'un lugubre pressentiment.

Peut-être, quand aura lui

Le sourire de la princesse fatale,

Ce toujours victorieux sourire,

Tomberai-je d'amour aux genoux de cette femme. .

Oh, si je fuyais, moi qui n'ai jamais fui,

Ce palais et cette ville

Pour ne pas voir luire ce sourire ?.

Des jeunes Filles, au dehors

Voici que vont fleurir les aurores divines

Et rayonner les crépuscules de lumiére ;

C'est l'heure d'oublier la tâche coutumière

En la volupté des caresses féminines.

C'est l'heure de laisser la cuirasse et le casque

Noircir auprès du bouclier et de la lance,

Et c'est l'heure d'aimer parmi le frais silence

Que trouble seul le chant du jet d'eau dans la vasque.

Elle vient avec ses noirs cheveux pour couronne,

Les yeux illuminés par des lueurs de gemme ;

Comme un jardin aux baisers que la brise essaime,

Sa chair amoureuse et triomphale frissonne.

Fier de sa joie et rejetant les vaines craintes,
Le Héros dénouera la ceinture de gaze,
Et, les regards perdus de bonheur et d'extase,
Il ouvrira les bras pour les longues étreintes.

Pierre

J'aurais voulu m'enfuir, et je reste, arrêté
Par la douceur de ces chansons de volupté.

Entrent les JEUNES FILLES

Les jeunes Filles

Héros, ta fiancée approche : elle est plus belle
Que Phébé surgissant à l'horizon des nuits ;
Elle approche te donner la joie immortelle
Et les plaisirs que ton mauvais orgueil a fuis.

Pierre

Nulle ne me vaincra, j'éviterai le piège,
Je suis l'Incorruptible et je suis sûr de moi.
Qui pourrait me dompter ? Devant qui tremblerais-je ?
Pourtant je me sens faible, et je tremble.. Pourquoi ?

Entre la PRINCESSE ÉMERAUDE, voilée

Émeraude

O Chasseur devant qui tout frémit et recule,
Les sombres ennemis tombèrent dans tes rêts ;
Vulcain forgea ton glaive ardent ; tu dompterais
Les monstres, lion, hydre ou géant, comme Hercule.

Les siècles rediront ta gloire sans macule :
Ce sont des méchants qui moururent sous tes traits,
Quand, où tu bataillas, les prés et les marais
Saignent, pareils au ciel par un beau crépuscule.

Tel que le clair Phébus quand refleurit l'avril,
Tu viens anéantir le deuil, et nul péril
N'a pu faire cligner l'orgueil de tes prunelles.

Un jour, pour être roi des astres radieux,
Tu conquerras le monde aux splendeurs éternelles
Où le puissant Mahom trône parmi les Dieux.

Pierre

Oui, je me rue aux batailles comme à des fêtes,
J'aime l'odeur du sang, et les preux de jadis,

Alexandre, César, Parsifal, Amadis
Envieraient le renom de mes rudes conquêtes.

Émeraude

Et, quelquefois, après les combats triomphants,
Ton cheval fatigué s'égarait sous les branches
D'un bois silencieux et fleuri de pervenches ;
Et tu songeais aux malheureux que tu défends.

Tu n'étais plus ému du cri des olifants ;
Ton épée était lasse et pendait à tes hanches :
Et maintenant, voici glisser des formes blanches
Près des ruisseaux hâtifs où vont boire les faons.

Voici flotter, parmi la fraicheur des ramures,
Comme une frondaison vague, des chevelures,
Et partout des oiseaux d'amour prennent l'essor.

Quand tu vaguais ainsi par la forêt charmée,
O grand Vainqueur, ô mon Héros, tes rêves d'or
Ne s'envolaient-ils pas vers quelque bien-aimée ?

Pierre

Dans les forêts et leurs harmonieux frissons,
J'ai senti bien souvent mes forces amollies,
Et je cueillais la rose des mélancolies,
La maigre fleur qui pleure à de maigres buissons.

Émeraude

Un jour, je t'ai vu près du fleuve aux rives rousses,
Et je t'ai cru l'Époux promis par les devins.
Que mon désir et mon espoir ne soient pas vains :
Comme doivent gémir celles que tu repousses.

Réponds-moi, mon Héros, par des paroles douces.
Dis : « Je t'aime, c'est pour toi seule que je vins. »
Et nous nous en irons vers les pays divins
Où la rose d'amour brille parmi les mousses.

Nous cueillerons la fleur aux magiques parfums,
Tu baiseras mes cheveux noirs et mes yeux bruns
Et je t'enivrerai de voluptés chéries.

Et nous habiterons des palais enchantés,
Oublieux des labeurs lourds, en des pierreries
A travers qui luiront des rais et des clartés.

Les jeunes Filles

Le Héros détourne la tête.

O Chevalier, aurais-tu peur

Des voluptés qu'elle t'apprête ?

Ne crois pas qu'Émeraude vienne

Te leurrer d'un charme trompeur,

Ainsi qu'une magicienne.

Émeraude

Tu peux, mon Seigneur, te fier à ma promesse.

Je suis une colombe aux serres d'un vautour,

Je veux être pour toi la royale prêtresse

De l'invincible et de l'impérissable amour.

Oh, je te vois qui m'écoutes et qui palpites ;

Tu cherches vainement à vaincre les désirs,

Suis ton Amante, ô mon Amant : je sais les rites

Que nous ont enseignés les Dieux pour les plaisirs.

La fraîcheur de ma chair sera ta blanche proie,

Et, quand l'or clouera les voiles sombres des nuits,

Tu viendras, les regards illuminés de joie,

Dans la chambre amoureuse et close à tous les bruits.

Dédaigneux des baisers et des caresses mièvres
Tu bondiras vers l'adorée, et tu boiras
Mon haleine à la coupe ardente de mes lèvres ;
Tu presseras l'orgueil de mon corps en tes bras.

Nous croirons qu'au lointain des chanteurs de poëmes
Murmurent des rhythmes charmeurs pour nous bercer,
Et le ravissement des voluptés suprêmes
Nous donnera l'oubli de vivre et de penser.

Pierre

Oh, tu ne parles pas comme la Vierge frêle
Qui voulait m'égarer en des rêves brumeux ;
Tu promets la volupté puissante et réelle
Et, moi que rien n'émut encore, tu m'émeus.

Émeraude

Ma chair glorieuse est blanche et sereine
Comme la blancheur des fleurs printanières
Que, parmi les prés, le printemps égrène.

Ma lèvre sourit et semble une rose
Qu'aurait fait éclore un baiser de l'aube
Dans le jardin frais où Vénus repose.

L'ondoiement royal de ma chevelure
Me vêt longuement d'un manteau nocturne
Où brillent des rais de splendeur obscure.

Tels que le soleil dans l'aurore ardente,
Mes regards d'amour et de lueur lancent
Comme une clarté jeune et fécondante.

Ma taille parait la souple liane
Qui flotte au sommet éthéré des arbres
Où folâtre en mai le vent diaphane.

Et mes doigts aigus de nacre et d'ivoire
Sont des fuseaux prêts à tisser la toile
Qui prend les Héros fiers de leur victoire.

Si je levais, ami, le long voile jaloux
Sous lequel est caché mon radieux visage,
Comme parfois, la nuit, Phébé sous un nuage,
Je te verrais tomber d'amour à mes genoux.

Pierre

Oh, ton voile..

Garde ton voile.

Oh, tu m'as dit des paroles

Qui me troublent et qui m'affolent,

Et je sens que je perdrai ma force

Si je te vois sans ton voile.

On dirait que quelque Dieu s'éloigne,

Un Dieu qui m'abandonne,

Le Dieu qui me guidait vers les sanglantes aurores.

Lentement, la princesse Émeraude lève son voile

Les jeunes Filles

Regarde, ô doux Amant, regarde la Princesse.

N'iras-tu pas cueillir la fleur de sa beauté ?

Déjà les hymnes de ton âme ont exalté

Les Dieux qui te la destinèrent pour maîtresse.

Pierre

Oh, te voici qui te dévoiles.

Oh, je voudrais ne pas te voir,

Et je sens qu'il faut que je te regarde.

Je dois perdre à jamais l'espoir

D'écouter le renom de mes victoires croître,

Je ne marcherai plus vers les batailles triomphales.

J'entends ma gloire ancienne qui pleure,

Là-bas, morne comme une veuve.

Je me prosterne à tes genoux,

C'est toi qui seras mon idole.

Si je ne devenais pas ton humble époux,

Je souffrirais une souffrance folle.

Je t'emporterai loin des hommes,

Dans la chambre où nul bruit ne pénètre,

Où je baiserai le fruit mûr de tes lèvres,

O toi Celle que j'adore,

O toi ma lumière.

Émeraude

Je serai ton étoile et je te guiderai

Vers les plages de fleurs et les flots d'harmonie,

Je te ferai gravir la montagne bénie
Qu'ombragent les forêts au feuillage sacré.

Quand nous regarderons les espaces stellaires,
Nous n'y lirons jamais la terreur du futur,
Et nous contemplerons, en des printemps d'azur,
L'horizon traversé par de calmes galères.

Viens : étreins follement mon corps impérial ;
Viens : les cieux sourient à l'amour que tu proclames ;
Viens, cher Époux, et mets à mes lèvres de flammes
L'impérissable scel du baiser nuptial.

Pierre baise longuement les lèvres d'Emeraude

Les jeunes Filles

Les Amants ont uni leurs lèvres
Par le doux lien du baiser.
Les mers chantent au long des grèves,
L'orage vient de s'apaiser.

Par le doux lien du baiser
Ils se sont liés l'un à l'autre.

L'orage vient de s'apaiser,
Voici que s'entr'ouvrent des roses.

Ils se sont liés l'un à l'autre
Pour vivre un divin avenir.
Voici que s'entr'ouvrent des roses,
Voici des lys s'épanouir.

Pour vivre un divin avenir
Ils ont la riante jeunesse.
Voici des lys s'épanouir
Auprès de claires violettes.

Ils ont la riante jeunesse :
O Dieux puissants, protégez-les.
Auprès de claires violettes
Le merle boit aux ruisselets.

O Dieux puissants, protégez-les ;
Épargnez leur votre colère.
Le merle boit aux ruisselets.
Les Amants ont uni leurs lèvres.

Entre le ROI avec L'AMBASSADEUR DES INDES et son
CORTÉGE

Émeraude

O père, le Héros magnanime est dompté,
Il écouta l'amour qui chante en mes paroles ;
Il veut cueillir l'émail animé des corolles
qui fleurissent dans les parterres de beauté.

Le Roi

Écoute à mes côtés, Vainqueur des rois barbares,
Glorieux ami, toi le Fort entre les forts,
L'ambassadeur qui vient, chargé de présents rares,
Des Indes, le pays des perles et des ors.

L'Ambassadeur des Indes

Nous gémissons, Seigneur, harcelés par les Sères,
Comme l'agneau qui bêle en vain, pris dans les serres
De l'aigle, contempteur farouche du soleil ;
Nous ne connaissons plus l'heure du bon éve'l,

Daignez nous secourir ; envoyez votre armée
Et le Chef qui sauva l'Égypte bien-aimée
Combattre noblement et vaincre auprès de nous ;
L'Empereur Indien vous en prie à genoux.

Le Roi

Les ténébreux vaincus relèveraient la tête
Si je laissais la fleur de mes soldats partir.
Des vents tumultueux souffleraient la tempête
Qui viendrait harceler ma nef et l'engloutir.

Je garde mon armée en mes sûres murailles.
Pour l'ami qui sauva mon peuple, et qui songeait
A revoir des pays empourprés de batailles,
Qu'il te suive, s'il veut ; il n'est pas mon sujet.

Pierre

Je veux rester ici, Seigneur. Qu'un autre rôde
Par les guérets et par les prés ensanglantés.
J'ai été pris aux lacs tendus par Émeraude,
Je veux boire le vin charnel des voluptés.

S'il faut défendre un jour ma Bien-aimée en larmes,
Alors je reprendrai le heaume et le haubert ;
Maintenant, je veux vivre la vie où l'on perd
Le blême souvenir des guerres et des armes.

Les jeunes Filles

L'amour a triomphé du Chef impérieux.
Marchez dans la splendeur du printemps qui s'éveille,
Amants, votre avenir est clair et glorieux ;
Marchez dans la lumière embaumée et vermeille
Bénis par le sourire immaculé des Dieux.

SCÈNE III

Un cloître ouvert sur un jardin

Entre MAGUELONNE

Maguelonne

Une aube de printemps effleure les parterres
Et le jeune jardin semble un sourire pur.
Vous souriez à la fuite des mois austères,
Fleurs amicales, fleurs de pourpre, fleurs d'azur.

La mortelle saison de la bise est passée
Et je me sens joyeuse ainsi que vous, ô fleurs.
En s'envolant au loin de son aile glacée
On dirait que l'hiver emporte mes douleurs.

Oh, j'ai pleuré longtemps : les fleurs étaient fanées
Et les arbres avaient perdu feuilles et fruits ;

J'ai pleuré dans la brume lente des journées,
J'ai pleuré dans la froide obscurité des nuits.

Sur la haie on voit poindre déjà les arbouses,
Le ciel a dévêtu son manteau gris et noir,
Des astres parfumés étoilent les pelouses
Et voici que je rentre au palais de l'espoir.

Là, des hautbois mystérieux et des mandores
Murmurent doucement sous d'invisibles doigts..
S'il allait revenir, chevauchant les aurores,
Le Héros qui hantait mes rêves, autrefois.

Oh, l'épreuve mauvaise et cruelle est finie ;
Je n'aurai plus mes pauvres yeux voilés de pleurs
Et je ne vivrai plus des heures de pâleurs.
Je revivrai les jours de joie et d'harmonie.

Toi qui donnes à tous les biens que tu promets,
Toi qui sièges au Paradis dans la lumière,
Bonne Vierge, tu as exaucé ma prière,
Que ton nom soit béni des siècles, à jamais.

Je revois le palais natal et la terrasse

Vers qui monte le soir le chant des vendangeurs,

Tandis que l'horizon s'obscurcit et s'efface.

Le ciel, où vont mourir les dernières rougeurs,

Est enchanté d'hymnes d'espoir et de tendresse

Que murmure le vol des oiseaux voyageurs.

Des brises douces me frôlent de leur caresse,

Un arôme d'amour s'échappe du hallier,

Des sylphes rient là-bas, et voici que se dresse

En son armure d'or le royal Chevalier.

Entrent les NONNES

Les Nonnes

Virgo diva, magnanima,

Bona nobis das suprema ;

Nos, Maria, semper ama.

Nostrum refugium tu es,

Cui felices donat dies

Jhesus, tua progrenies.

Gemmis ut inserta turris,
Luminibus luces miris
Et tristibus tu succuris.

Tui, que in nobis intus,
Laudes dicant os et pectus
Et ad celum spargant cantus.

ACTE III

SCÈNE I

Une cellule

La Nonne

Seigneur qui êtes dans les cieux,
Ayez pitié de notre sœur.

La mort farouche est là qui veille,
Le regard attentif, et prête
A ravir la pieuse Vierge
Dans le noir linceul de son aile.

On dirait que du crépuscule
Met un voile de grise brume
Sur ses deux yeux, fleurs ingénues
Où brillaient des clartés trop pures.

Que nos prières vous émeuvent,
Seigneur, et, s'il faut qu'elle meure,
Ouvrez pour elle et pour ses œuvres
Le paradis des bienheureuses.

Seigneur qui êtes dans les cieux,
Ayez pitié de notre sœur.

Entre L'ABBESSE

L'Abbesse

Eh bien, ma sœur, que fait notre sœur Maguelonne ?

La Nonne

La terrestre vie, ô ma mère, l'abandonne,
Le souffle s'affaiblit. Maintenant, elle dort.

L'Abbesse

Et d'un sommeil qui semble proche de la mort.

La Nonne

Elle vous adorait et disait vos louanges,
Seigneur, daignez l'admettre à contempler vos anges.

L'Abbesse

Fleur délicate et que le monde aurait brisée,
Tu fleuriras parmi les parterres divins ;
Tu boiras l'éternelle et subtile rosée
Qu'épand au ciel le chœur sacré des Séraphins.

La Nonne

O ma mère, voici notre sœur qui s'éveille.

L'Abbesse

Qui s'éveille pour la dernière fois peut-être.

La Nonne

Son haleine soulève à peine sa poitrine.

L'Abbesse

Et ses lèvres pâles se parent d'un sourire.

La Nonne

Ses yeux vagues voient des visions. . Elle parle.

L'Abbesse

Et sa mourante voix semble une voix de harpe.

Maguelonne

Le voici qui descend de l'heureuse colline,
Immaculé, dans la lumière de sa gloire ;
Il vient à moi, tandis que le soleil décline.

Approche. Le vallon est calme comme un temple ;
Que ta voix bien-aimée enchante ma mémoire.
Le ciel est bon qui permet que je te contemple.

J'ai l'esprit éperdu d'espérance et de joie,
Comme aux mois printaniers, quand la frêle hirondelle
Vole à travers le crépuscule qui rougeoie.

Laisse tomber le casque et délace l'armure,
Toi qui parais au soir, héroïque et fidèle,
Couronne-toi le front dé fleurs et de verdure.

Et, longtemps, je t'écouterai dans la nuit claire,
La nuit où chantera la douceur des étoiles,
La nuit d'où la lune aura banni la colère.

Cher Amant, nous vivons en la volupté sainte,
Libres comme la nef qui vogue à larges voiles
Sur les flots caressants d'une mer d'hyacinthe.

Et tu parles.
J'entends ta voix qui me parle.

«Je t'aime, ô fleur céleste, ô fleur bien-aimée ;
J'ai goûté près de toi les joyeuses vendanges,
Écoute la clameur clamée
Par les hommes et par les anges :
C'est la gloire de notre amour qu'elle célèbre ;
Ce qu'elle chante, c'est le bonheur
Dont j'ai l'âme charmée,
Moi, l'heureux et le bon moissonneur,
Moi le maître de tes yeux et de tes lèvres,
O Bien-aimée. »

O mon doux Prince, tu es beau,
Toi qui pour m'adorer renonças aux batailles,
Toi qui viens toujours me trouver à l'heure opportune,
Et c'est vers toi qu'il faut que j'aille,
Comme on va vers les flammes d'un flambeau,
Vainqueur céleste de la nuit brune.

Partons pour de joyeux voyages.
Nous irons tous les deux vers des pays royaux,
Nous passerons le long des plages
Que frôlent les flots de saphir,
Et nous voici dans le clair pays des joyaux,
Nous voici dans le rire d'Ophir ;
Et les Saints nous ont bénis en nos voyages.

« Oui, Dieu nous est clément
Qui nous guide vers le beau pays de l'amour
Où quelque ange invisible va semant
De gemmes le chemin où tu cours,
O chère Amante.

C'est comme un éblouissement jusqu'à l'horizon.
Chère, regarde le gazon :
N'est-il pas de vivace émeraude ?
Et des étoiles de sardoine le constellent
Et des diamants y tombent quand rit l'aube.
Et regarde les arbres :
Il y rayonne des lueurs fauves
De topazes immortelles
A travers les branches musicales et calmes. »

Et les chansons :
Écoute les pures chansons
Que disent les voix fleuries
Dans la lumière des prés où nous passons :
Et c'est l'hymne que pourraient chanter les pierreries.

Des voix encore plus douces..
Et je crois entendre de très lointaines sources
Qui palpiteraient sous des mousses.

Non : c'est le chant béni des célestes violes,
Il descend peu à peu vers la paix des vallons,
Tandis que de nos pieds languides nous frôlons
Les sentiers purs illuminés de lucioles.

Voici que maintenant nous sommes arrivés
Aux rivages divins d'une mer infinie,
D'une mer d'ineffable harmonie,
Et voici les ciels des anciens paradis retrouvés.

Vers le large, d'heureux et candides navires,
Ouvrant leurs voiles comme des cygnes leurs ailes,
Voguent joyeusement sur les flots de sourires ;

Ils voguent, radieux de lueurs éternelles,
Et d'invisibles chœurs d'harmonieuses vierges
Psalmodient dans les hunes et dans les vergues.

Des vagues de lumière entrainent notre barque
Qui nous emporte vers un fleuve immaculé ;
Et le fleuve coule en un calme défilé
Sur qui des feux d'ors bleus et verts mettent des arches;
Et nous côtoyons des collines étoilées
De gemmes mélodieuses qui semblent ailées.

Nous sommes au pays inconnu des colères,
Nous sommes au pays du glorieux repos ;
Vois courir çà et là des rivières stellaires,
Vois les champs larges où des soleils sont éclos.

Et, les regards emplis d'extase et de mystère,
Nous allons errer par ces plaines, à jamais,
Et vivre, délivrés des liens de la terre, ·
La sereine douceur de l'immortelle paix.

Elle soupire et meurt

L'Abbesse et la Nonne s'agenouillent

La Nonne

Seigneur qui êtes dans les cieux,
Ayez pitié de notre sœur.

L'Abbesse

Donnez-lui l'éternel bonheur.

SCÈNE II

Un parc, la nuit

Entre MARSILE

Marsile

Voici l'heure d'amour qui vient à pas rapides.
O Cynthia, darde sur nous tes rais limpides ;
O ruisselets qui bondissez et qui courez
Parmi la floraison joyeuse des fourrés,
Accompagnez nos paroles de vos murmures ;
O rossignols, chantez vos chants dans les ramures.
Et vous, étoiles d'or, vous, astres éternels,
Corolles qui parez les célestes prairies,
Scintillez longuement, soyez-nous fraternels,
Et ne nous voilez pas vos clartés attendries.

Entre ÉMERAUDE

Émeraude

Me voici, mon farouche Amant. L'heure est à nous.

Marsile

O Princesse, ne crains-tu rien de ton époux ?

Émeraude

Il dort d'un lourd sommeil : tu peux bannir la crainte.
O Marsile, combien m'est douce ton étreinte.

Marsile

Émeraude, je t'aime. Oh, laisse-moi poser
Sur le beau corail de tes lèvres mon baiser.
Comme je succombais au poids de ma misère,
Comme j'allais, souffrant et pleurant, morne et las,
Tu parus, ô Charmante, et tu me consolas,
Et j'oubliai le rude affront de l'adversaire.

Émeraude

Soyons heureux, ô Roi, vivons des soirs fleuris.
Tu es superbe ainsi qu'un étalon sauvage,
Tu es fort et tu es vaillant, et je chéris
Ton amour plus enivrant qu'un âpre breuvage.

Ils s'égarent dans une allée

Entre PIERRE

Pierre

Oh, l'infidèle n'était plus auprès de moi.
Où vais-je ? Je frémis d'un invincible effroi,
Faible comme un roseau prosterné par l'orage.
Les coups du désespoir ont brisé mon courage.

Qu'ai-je fait de ma gloire ancienne et de ma force ?
Mon armure est rouillée, et mon épée est torse,
Elle qui luisait dans les combats, droite et rouge.
Je ne sais plus la guerre, et ma paupière bouge,
Frissonnante, dès que flamboie à mon regard
L'éclair victorieux d'un glaive ou d'un poignard.

Ha.. ha.. dans un rayon de lune.. là.. c'est elle..
Et Marsile.. Je souffre une douleur mortelle.

Rentrent ÉMERAUDE et MARSILE

Pierre

Te voilà donc, femme cruelle, dont les mains
M'ont guidé vers la honte et les mauvais chemins.
Toi, ma joie et ma vie, et qui m'étais sacrée.
Je t'aimais, Émeraude, et je t'ai adorée
Plus que les Saints et plus que la bonne Madone,
Et voici ton frivole amour qui m'abandonne.

Émeraude

Je t'ai peut-être aimé quelques soirs ; aujourd'hui,
J'aime le roi Marsile, et je suis toute à lui.

Pierre

O Femme, prends pitié de mes amères larmes.

Émeraude

O Chevalier, si tu souffres, reprends tes armes,
Et, heaume en tête, glaive au poing, rondache au bras,
Tu combattras encore et te consoleras.

Marsile

Tu n'as jamais connu les infimes terreurs ;
Va combattre, va détrôner les empereurs,
Retrouve la fierté des anciennes furies.

Pierre

Ah, ne m'outragez pas avec vos railleries,
Je souffre, épargnez-moi votre rire moqueur.

Émeraude

Viens, ô mon bel Amant, ô mon royal Vainqueur.

Émeraude et Marsile s'en vont

Pierre

Les bonheurs faux.. les espérances envolées..
Oh, fuir ces jardins.. fuir ces funèbres allées..

SCÈNE III

Une plage

Les Ondines

Il connait maintenant la fatigue de vivre,
Lui que ne lassait pas la hâte des galops ;
Endormi d'un sommeil inquiet, près des flots,
Il attend l'heure dont le passage délivre.

Pauvre Héros harassé de souffrances, dors ;
Qu'un souffle moins pressé soulève ta poitrine,
Que la bonne fraicheur de la brise marine
Te vienne caresser et reposer le corps.

Revois en tes rêves les anciennes années,
Vois verdir et fleurir aux arbres triomphants

Les feuilles que dispersèrent les mauvais vents
Et les corolles que l'automne avait fanées.

Dormir emportera tes chagrins assoupis
Et là-bas resplendit encore la couronne ;
Songe des songes doux, Chevalier, et moissonne
Une claire moisson de lumineux épis.

Les Ondines s'éloignent

Des Voix

Regarde, ô Chevalier : voici les jours d'enfance
Où le cri des buccins émeut ton jeune orgueil ;
Tu pars vers la longue aventure et la défense
De ceux qui vont les yeux consumés par le deuil.

Guerroie au loin : et voici les batailles justes.
Tu frappes de tes coups mortels et vagabonds
Les méchants pleins de vanités, et qui, robustes,
Oppriment lâchement les faibles et les bons.

Lutte, et vaincs les ennemis que tu te suscites,
Et sonne, triomphal, les fanfares d'effroi ;
Va chez les Syriens, les Parthes et les Scythes
Et vois les empereurs prosternés devant toi.

A travers la fureur hurlante des batailles,
Tous, cruels et doux, tombent sous ton bras puissant,
Et ta marche se rhythme au glas des funérailles,
Et tu savoures, comme un frais parfum, le sang.

Marche, lutte, guerroie ; et voici qu'une femme
S'est éprise de ta victoire, pour un soir.
Le navire périt sous l'effort de la lame ;
Voici venir le flux amer du désespoir.

Pierre s'éveille

Pierre

Oh, j'ai rêvé de rudes rêves :
J'ai revu les néfastes années,
J'ai revécu les jours de vaine fièvre,
J'ai revécu les jours de mauvaise gloire :
Et c'était le rêve expiatoire. .
Oh, comme j'ai vécu d'inutiles années.

J'ai marché dans la fausse voie,
Et j'ai cherché la fausse joie,
Et je n'ai cueilli que de tristes fruits
A des arbres d'amertume,

Et maintenant ma sombre gloire s'évanouit
Et je tombe éperdûment vers la nuit,
Vers la nuit où jamais nul soleil ne s'allume.

Oh, j'ai mal vécu, Seigneur,
Je fus égaré par la folie, Seigneur ;
Je me suis détourné des plaines de bonheur,
J'ai suivi des chemins hérissés de pierres
Et je n'ai pas fixé mes yeux vers la lumière.
O Seigneur, où étaient les plaines de bonheur ?

Apparait l'OMBRE DE MAGUELONNE

Pierre

Oh, des lueurs.. Et c'est la divine Princesse
Qui m'apparut un jour parmi les fleurs d'un bois
Et qui parlait avec des gemmes dans la voix.
O Princesse, tu viens pour que la plainte cesse,
O Princesse, tu es la bonne messagère
Qui descend des clartés les mains pleines de palmes.
Oh, regarde-moi longuement de tes yeux calmes,
Douce amie, et rends-moi la mort chère et légère.

L'ombre de Maguelonne

J'arrive de l'aurore éternelle, et je suis
La messagère bienveillante et pacifique
Grâce à qui tu verras le monde séraphique
Et tu seras sauvé des infernales nuits.

Ta fougue t'a rué vers l'inutile vie ;
Il fallait que du sang enivrât ton regard,
Et maintenant tu sanglotes, et c'est bien tard
Que tu connais l'erreur de la route suivie.

Tu criais : « Je suis le Héros », tu savourais
Le misérable encens de la vaine victoire ;
Tu t'es enfui de la retraite méritoire,
Tu méprisas le rêve et les vagues forêts.

Moi, j'ai quitté la mer où gronde la tempête,
Ma nef a navigué par des lacs où l'eau dort
Et j'ai gagné la joie et le repos du port
Où vont danser des chœurs sur les môles en fête.

Oh, les beaux soirs et les matins harmonieux..
Les musiques mystérieuses dans le cloître,
Et la cellule où je sentais mon bonheur croître,
Où j'étais seule avec mes rêves radieux.

Et j'ai vécu, les yeux emplis de ton image,
Trouvant ta voix parmi les murmures flottants,
Comme en un parc fleuri d'amour et de printemps
Que des oiseaux divins charment de leur ramage.

Dans un soir de langueur et de sérénité,
Sans un chagrin, sans une parole haineuse,
Je suis morte d'une mort douce et lumineuse,
Et j'accomplis en paix le voyage enchanté.

Celle qui s'écarta des humaines querelles
Monta vers les joyaux des glorieux parvis :
Et je vois les palais de l'extase, et je vis
En des jardins aux frondaisons surnaturelles.

Et celui que j'aimais sur terre, Celui là
N'errait point par l'espoir des sentes impollues ;

Et moi seule, j'étais triste entre les élues,
Quand une voix miraculeuse me parla.
« Descends vers le morne Héros qui meurt et pleure
Et que ton chaste amour l'absolve du péché ;
Heureux, il sourira, dès qu'il aura touché
Le seuil divin de l'immarcessible Demeure. »

Viens, ami, fuis le monde et la mauvaise ardeur,
Rejette pour jamais le fardeau qui t'accable,
Et nous vivrons dans la lumière impérissable
Auréolés d'amour et vêtus de splendeur.

L'ombre de Maguelonne s'évanouit

Pierre

O toi l'Apitoyée, ô toi la bonne Amante,
O toi par qui mon jour mortel est éclairci,
Toi Celle qui paraît quand l'âme se lamente,
Toi la Pure, je veux te suivre, et me voici.

Il meurt

Des Voix

Les cygnes fraternels ouvrent leurs ailes fières,
Avides de clartés et dédaigneux du sol ;
L'espoir victorieux des célestes rivières
Guide la royauté superbe de leur vol.

Ils boivent des parfums de candeur et d'aurore,
Ils vont d'un essor calme et doux comme un sommeil,
Et l'hymne immaculé des anges commémore
L'ascension des blancs oiseaux vers le soleil.

Sur les fleuves d'amour et les rives bénignes,
Parmi les floraisons de miracle, volez ;
Joignez-vous à la troupe amicale des cygnes
Que la fureur des orages n'a pas troublés.

> Dans le ciel apparaissent, enlacées et glorieuses,
> les OMBRES de PIERRE et de MAGUELONNE

Des Voix

Gloire à la pure Enfant. Gloire à Celle qui prie.
Des vêtements de chasteté la vêtiront ;
Elle montera près de la Vierge Marie
Et le nimbe de paix couronnera son front.

Celle qui repoussa la coupe des vains charmes
Vivra dans les rayons d'une sainte blancheur,
Et, précieuses comme des perles, ses larmes
Deviendront le rachat éternel du pécheur.

En le jardin béni de la splendeur première,
Loin des folles erreurs, loin des combats maudits
Et parée à jamais d'amour et de lumière,
Elle moissonnera les fleurs du Paradis.

ACHEVÉ D'IMPRIMER

LE 11 MAI 1891

Sur les presses de

GASTON MORAND

à Orléans